일편단심 ______________________ 님께

일편단심

일러두기

〈일편단심〉 노트에 시를 필사하면서 한 구절 한 구절의 의미를 새기며 누려보시길 바랍니다. 하루를 정리하는 일기를 쓰거나, 마음을 담아 선물하는 용도로 사용하셔도 좋습니다.

한 조각 붉은 마음

일편단심 一片丹心

나태주 · 반칠환 · 서정춘 · 윤효 · 함민복

&

풀꽃 1

나태주

자세히 보아야
예쁘다

오래 보아야
사랑스럽다

너도 그렇다.

새해 첫 기적

반칠환

황새는 날아서
말은 뛰어서
거북이는 걸어서
굼벵이는 굴렀는데
한날한시 새해 첫날에 도착했다

바위는 앉은 채로 도착해 있었다

죽편竹篇 1 —여행

서정춘

여기서부터, —멀다

칸칸마다 밤이 깊은

푸른 기차를 타고

대꽃이 피는 마을까지

백 년이 걸린다

자존自尊

윤효

무서리 하늘 높이 기러기 행렬이 지나고 있었습니다.

때마침 헬기가 굉음을 내며 스쳐갔으나, 그 대오를 전혀 흐트러뜨리지 않았습니다.

달력

함민복

세월이여
발자국을 먼저 찍어 놓다니!

풀꽃 3

나태주

기죽지 말고 살아봐
꽃 피워봐
참 좋아.

노랑제비꽃

반칠환

노랑제비꽃 하나가 피기 위해
숲이 통째로 필요하다
우주가 통째로 필요하다
지구는 통째로 노랑제비꽃 화분이다

귀

서정춘

하늘은 가끔씩 신의 음성에겐 듯

하얗게 귀를 기울이는 낮달을 두시었다

우리나라 꽃들은

윤효

우리나라 꽃들은 대부분
3·1절과 4·19혁명기념일 사이에 피어난다.

꽃샘 잎샘 까탈이 아무리 거칠어도 그 사이에 꼭 피어난다.

가을

함민복

당신 생각을 켜놓은 채 잠이 들었습니다

좋은 날

나태주

하고 싶은 일을 하니 좋고
하고 싶지 않은 일을 하지 않으니
더욱 좋다.

웃음의 힘

반칠환

넝쿨장미가 담을 넘고 있다
현행범이다
활짝 웃는다
아무도 잡을 생각 않고 따라 웃는다
왜 꽃의 월담은 죄가 아닌가?

단풍놀이

서정춘

여러 새가 울었단다

여러 산을 넘었단다

저승까지 갔다가 돌아왔단다

아, 바다

윤효

간밤 해일이 다녀갔습니다.

바닷가 즐비한 횟집들의 수족관을 부수고 활어들을 모두 바다로 데려갔습니다.

상현上絃달

함민복

弦(활) 시대를 끝내고
絃(악기)의 시대를 선포하소서

이제
지상의 연주를 들어주소서

이 가을에

나태주

아직도 너를
사랑해서 슬프다.

봄

반칠환

저 요리사의 솜씨 좀 보게
누가 저걸 냉동 재룐 줄 알겠나
푸릇푸릇한 저 싹도
울긋불긋한 저 꽃도
꽝꽝 언 냉장고에서 꺼낸 것이라네
아른아른 김조차 나지 않는가?

전설

서정춘

길고 긴 두 줄의 강철 시를 남겼으랴

기차는, 고향 역을 떠났습니다

하모니카 소리로 떠났습니다

굴뚝새

윤효

양철지붕에 싸락눈 내리는 소리에
주인 내외는 초저녁잠을 놓치고 말았다.
두런두런 시작한 얘기가 그칠 줄을 몰랐다.
그 바람에 굴뚝새도 뜬눈으로 지새우고 말았다.

그리움

함민복

천만 결 물살에도 배 그림자 지워지지 않는다

그리움 2

나태주

가지 말라는데 가고 싶은 길이 있다
만나지 말자면서 만나고 싶은 사람이 있다
하지 말라면 더욱 해보고 싶은 일이 있다

그것이 인생이고 그리움
바로 너다.

두근거려 보니 알겠다

반칠환

봄이 꽃나무를 열어젖힌 게 아니라
두근거리는 가슴이 봄을 열어젖혔구나
봄바람 불고 또 불어도
삭정이 가슴에서 꽃을 꺼낼 수 없는 건
두근거림이 없기 때문

첫 꽃

서정춘

그녀가 뒤꽁무니를 쫓아다닌 나를 돌아보며 피식 웃던
그 꽃!

완생完生

윤효

그렇게 좋아하시던 홍시를 떠 넣어 드려도
게간장을 떠 넣어 드려도
가만히 고개 가로저으실 뿐,

그렇게 며칠,
또 며칠,

어린아이 네댓이면 들 수 있을 만큼
비우고 비워내시더니
구십 생애를 비로소 내려놓으셨다.

——완생完生.

매미 2

함민복

울 차례 오래 기다렸구나

울음소리 길다

사는 법

나태주

그리운 날은 그림을 그리고
쓸쓸한 날은 음악을 들었다

그리고도 남는 날은
너를 생각해야만 했다.

박꽃

반칠환

가슴속에 시인과 도둑이 함께 살아
담을 넘다가도
달빛 시나 짓고 온다
탈탈 털어봐야
이슬 장물 몇 점

새벽

서정춘

흰 꼬리 고양이 울음소리가

문지방에 희미하게 걸려 있습니다

홍시

윤효

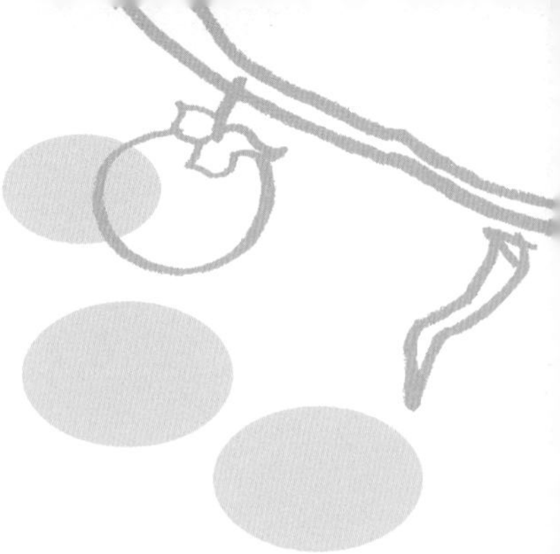

감나무 가지 끝에
홍시 하나가
까치밥으로
남아 있었다.
서릿바람 불고
눈발 날려도
가지 끝에
빨갛게
남아 있었다.

밤새 꺼지지 않던
빈자일등貧者一燈.

곡선

함민복

사랑은 곡선이다

곡선의 씨앗은 하트♡다

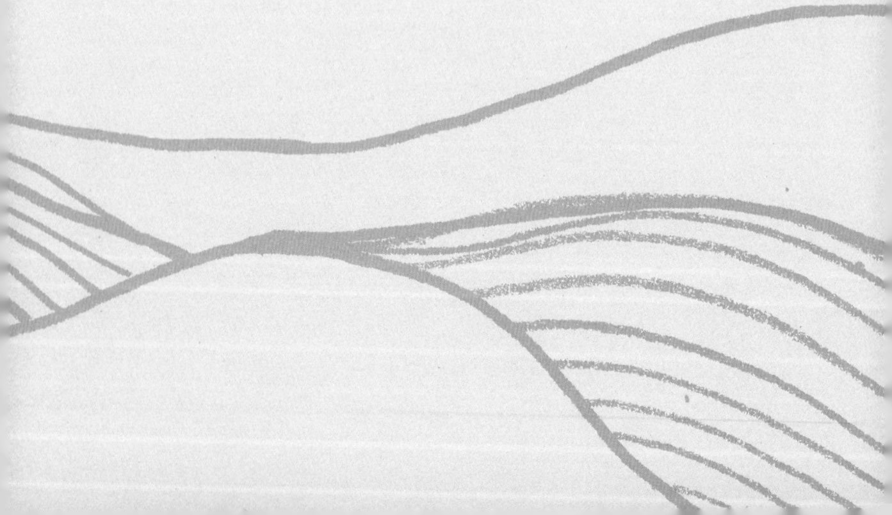

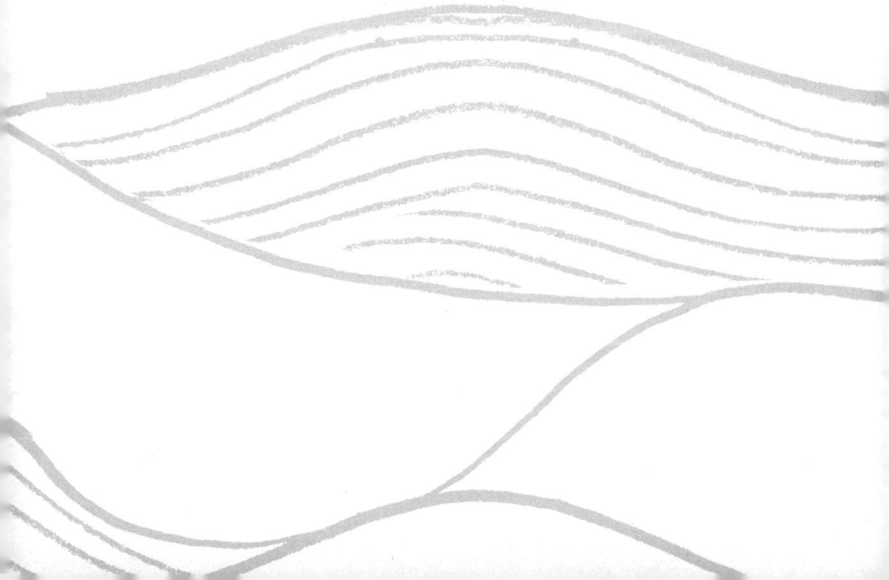

행복

나태주

저녁 때
돌아갈 집이 있다는 것

힘들 때
마음속으로 생각할 사람 있다는 것

외로울 때
혼자서 부를 노래 있다는 것.

갈치조림을 먹으며

반칠환

얼마나 아팠을까?
이 뾰족한 가시가 모두 살 속에 박혀 있었다니

구름

서정춘

나는 숨 쉰다
허파처럼

나는 뭉개지며 피는 꽃
하늘 곰팡이

또는 홑이불이 마르는
이미지의 허풍

가족

윤효

우리집에서 내 방이
제일 작습니다.

우리 네 식구는
이 방에 모여 앉길 좋아합니다.

다리의 사랑 4

함민복

서로의 다리가 되어주며
함께 다리를 건너가는 것이니
사랑은 몇 층인가

여행

나태주

떠나온 곳으로 다시는
돌아갈 수 없다는 걸 알기까지는
많은 시간이 필요했다.

야심

반칠환

불개미 한 마리 덥석 내 발가락을 깨문다
온 힘을 다해 나를 잡아당긴다
여름 장마 오기 전에
나를 끌고 개미굴로 가려고……

난蘭

서정춘

난을 기르듯
여자를 기른다면
오지게 귀 밝은
요즘 여자가 와서
내 뺨을 치고서
파르르르 떨겠지

부끄러움

윤효

치통에 시달리시던 팔순 노모 앞니 두 개 마저 뽑으셨을 때보다 여고생 딸년 점심 도시락 먹다가 젓가락 깨물어 앞니 끄트머리 살짝 떨어져나갔을 때에 제 마음 더욱 오지게 쓰리고 아팠습니다.

산

함민복

된통 혼나고 싶은
마음에
찾아뵈어도

오르막
내리막
덕담뿐

묘비명

나태주

많이 보고 싶겠지만
조금만 참자.

사마귀

반칠환

직업은 망나니지만
모태신앙이다
방금 여치의 목을 딴
두 팔로 경건히
기도를 올린다

꽁초꽃

서정춘

누군가 노점을 깔고 앉은 할머니께 나이를 묻자
피우고 있던 꽁초를 꽃인 양 흔들어 보였습니다

시인

윤효

한낱 소음으로 치부되는
제 곡조가
매미는 서럽습니다.

밤이 깊어도
그 울음 그칠 줄을 모릅니다.

저 울음 달랠 이
지상에는 없습니다.

다리의 사랑 9

함민복

눈물못 박히지 않은 사랑은 없다

사이가 있어 다리가 있고

눈물은 뜨겁다

산책

나태주

백합꽃 향기 너무 진하여 저녁때
대문이 절로 열렸네!

세계관

반칠환

"세계관이란 무엇입니까?"

"세계가 다 들어가는 관이 아닙니까?"

"……무서운 말이로군요."

"세계가 다 부장품이니 없어진 건 하나도 없습니다."

소리 2

서정춘

말이 달린다

다리다리 다리다리

말이 달린다

ㄷㄹㄷㄹ

흙꽃

윤효

일제 강점기에도
이른 봄날 들판에 이는 먼지를 흙꽃이라 부른
시인이 있었다.

민둥산 허허벌판 흙강아지로
여태 살았다 해도
우리는
사철 푸르렀으리.

나를 위로하며

함민복

삐뚤삐뚤
날면서도
꽃송이 찾아 앉는
나비를 보아라

마음아

오늘의 꽃

나태주

웃어도 예쁘고
웃지 않아도 예쁘고
눈을 감아도 예쁘다

오늘은 네가 꽃이다.

기적 1

반칠환

여름장마가 휩쓸고 갔어도
계곡에 버들치 한 마리 떠내려 보내지 못했구나

달팽이와 놀다

서정춘

어딜 가니,

몰라,

멀리 가니,

모올라,

가기는 가니,

(! !)

유정천리

윤효

눈더미 속
잠깐,

노루귀
바람꽃

서둘러
지는 꽃이

가장
뜨겁다.

눈시울
가득

깊이 맺힌
그 사람.

숨꽃

함민복

나의 폐는 허공의 열매

안부

나태주

오래
보고 싶었다

오래
만나지 못했다

잘 있노라니
그것만 고마웠다.

수평선

반칠환

물고기 한 마리 솟구쳤을 뿐인데
일순 수평선은 수평을 놓친다
바다는 언제나 수평이 없는 채로 수평이다

고요살이 1번지

서정춘

가서는, 돌아오지 않던 메아리들이

도르르 고사리순에 말려 있는 그곳

봄 편지

윤효

물푸레 이파리 한 잎 동봉합니다.

사발에 띄워 머리맡에 두시기 바랍니다.

그대 그리워하는 마음 아직도 그 물빛입니다.

푸르스레 번져가는 그 물빛입니다.

성선설

함민복

손가락이 열 개인 것은
어머니 배 속에서 몇 달 은혜 입나 기억하려는
태아의 노력 때문인지도 모릅니다

시

나태주

그냥 줍는 것이다

길거리나 사람들 사이에
버려진 채 빛나는
마음의 보석들.

새 2

반칠환

새들에게 가장 충격인 것은
날아오를 하늘이 없는 것보다
내려앉을 땅을 발견하지 못했을 때라고

달 귤 서귀포

서정춘

서귀포의 밤입니다

여기저기

귤 나뭇가지에

보름달이 노랗게 알을 슬어 놓았습니다

거룩한 밤 여기에도 있습니다

죽비

윤효

복도로 나가서
꿇어앉아
종이 울릴 때까지

왜 그랬는지
까맣게 잊었지만

아직도 울리지 않고 있는
그 종.

저 달장아찌 누가 박아 놓았나

함민복

마음 마중 나오는 달정거장

길이 있어

어머니도 혼자 살고 나도 혼자 산다

혼자 사는 달

시린 바다

저 달장아찌 누가 박아 놓았나

연애

나태주

날마다 잠에서
깨어나자마자 당신 생각을
마음속 말을 당신과 함께
첫 번째 기도를 또 당신을 위해

그런 형벌의 시절도 있었다.

사랑

반칠환

서리 내린 밤
맨발로
빈 논 건너는 생쥐

시리지 않다

봄, 파르티잔

서정춘

꽃 그려 새 울려놓고

지리산 골짜기로 떠났다는

소식

응시

윤효

파장 무렵 시장통 한 모퉁이 가로등 아래 손수레 받쳐놓고 할아버지 한 분이 성경을 읽고 있었다.

밥집 앞에서 연신 땅바닥을 쪼아대던 비둘기 한 마리가 그 모양을 그윽이 쳐다보고 있었다.

갈대

함민복

머리에 씨앗을 이고 있는 한

죽어서도 허리 꺾지 않는

에미들

여기 또 있구나

여행의 끝

나태주

어둔 밤길 잘 들어갔는지?

걱정은 내 몫이고
사랑은 네 차지

부디 피곤한 밤
잠이나 잘 자기를…….

삶

반칠환

벙어리의 웅변처럼,
장님의 무지개처럼,
귀머거리의 천둥처럼!

수평선 보며

서정춘

그렇다, 하늘은 늘 푸른 폐허였고
나는 하늘 아래 밑줄만 그읏고 살았다

마치, 누구의 가난만은
하늘과 평등했음을 기념하듯이

못

윤효

가슴에 굵은 못을 박고 사는 사람들이 생애가 저물어가도록 그 못을 차마 뽑아버리지 못하는 것은 자기 생의 가장 뜨거운 부분을 거기 걸어놓았기 때문이다.

꽃봇대

함민복

전등 밝히는 전깃줄은 땅속으로 묻고
저 전봇대와 전깃줄에
나팔꽃, 메꽃, 등꽃, 박꽃 올렸으면
꽃향기, 꽃빛, 나비 날갯짓, 벌 소리
집집으로 이어지며 피어나는
꽃봇대,
꽃줄을 만들었으면